MONIKA MARON

DIE KATZE

Erzählung

Hoffmann und Campe

1. Auflage 2024
Copyright © 2024 Hoffmann und Campe Verlag, Hamburg
www.hoffmann-und-campe.de
Umschlaggestaltung: © wilhelm typo grafisch, zürich
Umschlagabbildung: makar / Shutterstock.com
Satz: Dörlemann Satz, Lemförde
Gesetzt aus der Adobe Caslon Pro
Druck und Bindung: CPI books GmbH, Leck
Printed in Germany
ISBN 978-3-455-01884-4

Die automatisierte Analyse des Werks, um daraus Informationen
insbesondere über Muster, Trends und Korrelationen gemäß § 44b UrhG
(»Text und Data Mining«) zu gewinnen, ist untersagt.

Ein Unternehmen der
GANSKE VERLAGSGRUPPE

Später habe ich darüber nachgedacht, ob die ganze Geschichte vielleicht nicht passiert wäre, wenn sie nicht ausgerechnet an einem Ostersonntag angefangen hätte, ob uns der Ostersonntag zu besonderer Herzensgüte verpflichtet, jedenfalls jede Hartherzigkeit verboten hätte. Aber ich glaube, es wäre auch an jedem anderen Tag so gekommen, wie es dann gekommen ist.

An diesem Ostersonntag ging ich mit Bonnie auf unserer Dorfstraße spazieren. Eigentlich ist es keine richtige Dorfstraße, sondern der Zufahrtsweg von der Chaussee zu unserem Dorf, das auch kein richtiges Dorf ist, sondern nur eine Ansammlung von vierzehn Häusern. Auf dieser Straße, auf der man selten Menschen trifft, sondern nur Autos, sah ich schon von weitem eine Gruppe von Erwachsenen und Kindern, die mitten auf der Straße um etwas herumstand, das zwischen ihnen zu liegen schien. Als ich näher kam, erkannte ich Doreen mit Pepe, Mia und Doreens Mutter, die ratlos auf eine Katze starrten, die zusammengerollt zwischen ihren Füßen lag und sich nicht rührte, nicht einmal, als Bonnie sie mit empörtem Bellen umkreiste. Niemand wagte es, die Katze zu berühren, weil ihr seltsames Verhalten darauf schließen ließ, dass sie krank war, vielleicht sogar gefährlich. Erst als ein Auto kam und wir alle laut und dringlich auf die Katze einredeten, vielleicht berührte sie jemand sogar mit der Fußspitze, stand sie auf, schlich kraftlos auf den Grasstreifen neben der Straße und ließ sich in das hohe Gras fallen wie in ein Nest. Nachdem wir die Katze davor bewahrt hatten, überfahren zu werden, hatten wir wohl das Gefühl, unser Möglichstes getan zu haben. Doreen, ihre Mutter und die Kinder setzten ihren Spaziergang fort, ich lief mit Bonnie zurück zum Haus und erzählte Jonas, meinem Sohn, der als Kind einige Katzen von der Straße ins Haus gebracht hatte, von dem unglücklichen Tier. Wenn sie schon sterben muss, soll sie es wenigstens gut dabei haben, sagte mein Sohn.

Wir fuhren gemeinsam, ausgestattet mit einem Topf Wasser und ein paar Wurstscheiben, dahin, wo wir die Katze zurückgelassen hatten. Sie lag gottergeben an derselben Stelle im Gras, als hätte sie sich zum Sterben niedergelegt. Erst als wir die Wurstscheibe vor ihrer Nase schwenkten, erwachte der Rest von Leben in ihr.

Sie fraß gierig eine Scheibe nach der anderen, trank von dem Wasser, was in uns Zweifel an ihrer Sterbenskrankheit aufkommen ließ.

Jonas nahm sie auf den Arm und gab einen erschrockenen Laut von sich. Die ist ja nur Fell und Knochen, sagte er.

Wir nahmen sie mit, stellten eine ausgepolsterte Gemüsekiste, Schüsseln mit Futter und Wasser auf die Wiese neben unserem Garten, legten die Katze in die Kiste und widmeten uns wieder Bonnie, die aufgeregt und argwöhnisch unsere Sorge um das fremde Tier beobachtet hatte. In ihrem Revier duldet Bonnie keine Katzen, und da sie unser ganzes Dorf samt den angrenzenden Feldern für ihr eigenes Einzugsgebiet hält, bringen sich die ortsansässigen Katzen in Sicherheit, sobald meine Rufe und Pfiffe ihnen Bonnies Nähe signalisieren. Nur Klara und Joey, die Katzen meiner Berliner Nachbarn, liebt Bonnie. Wenn meine Nachbarn und ich uns zufällig im Treppenhaus treffen und unsere Wohnungstüren offen stehen, rennt Bonnie sofort in die Nachbarswohnung, um fiepend und buhlend vor Joey und Klara herumzutänzeln, was die Katzen nur stumm und misstrauisch beobachten. Manchmal schleicht Klara auch neugierig in meine

Wohnung, was Bonnie widerspruchslos geschehen lässt. Die Eigentumsverhältnisse waren geklärt, jeder hatte seine Wohnung, was ein friedliches Miteinander über Gattungsgrenzen hinweg offenbar ermöglicht. Eine andere Erklärung habe ich nicht gefunden, denn an äußeren Merkmalen konnte es nicht liegen, Klara ist schwarz wie Lakritz aus unserem Dorf, und Joey ist getigert wie unsere halb verhungerte Fundkatze.

Nachdem wir Bonnie ausgibig gefüttert und gestreichelt hatten, beruhigte sie sich, und wenn wir nach der Katze sehen wollten, die erschöpft in der Gemüsekiste lag, lockten wir Bonnie vorher ins Haus.

Am nächsten Morgen war die Gemüsekiste leer und die Katze im näheren Umfeld auch nicht zu finden, woraus wir schlossen, dass unsere Fürsorge ihr doch zu ausreichender Kraft verholfen hatte, um für sich selbst zu sorgen. Wir gestanden uns gegenseitig, dass wir eigentlich froh waren, die Verantwortung los zu sein, zumal wir am nächsten Tag ohnehin nach Berlin fahren mussten, weil ich am übernächsten Tag nach Budapest fliegen musste. Wider Erwarten schien am Ostermontag die Sonne, ich harkte gerade die welken Blätter aus den Blumenbeeten, mein Sohn befestigte die morschen Pfähle am Gartenzaun, als plötzlich, von

Bonnie zum Glück noch unbemerkt, die Katze vor unserem Gartentor saß. Wir trugen sie wieder zur Gemüsekiste, brachten ihr Hundefutter und mit Milch eingefärbtes Wasser, um ihr zu erklären, wo ihr Platz war, aber die Katze hatte unsere Bemühungen um sie wohl anders verstanden. Nach einer Weile saß sie wieder vor dem Gartentor, und weil sie nur Fell und Knochen war, genügte ihr der Abstand zwischen den Holzlatten, um die Grenze zum Garten zu passieren. Ich weiß nicht, warum es nicht gleich zu der Katastrophe kam, wahrscheinlich schlief Bonnie oder war im Haus. Jonas setzte die Katze jedenfalls vorsorglich auf den großen Gartentisch, wo sie ruhig sitzen blieb, als sei das der für sie vorgesehene Platz.

Was machen wir denn nun, fragte ich.

Jonas sagte, er werde ihr ein Haus bauen, denn nachts sei es kalt und die Katze so schwach. Er holte aus dem Schuppen Holzplatten, die übrig geblieben waren, als er im vergangenen Jahr die Vorratsecke im Keller gebaut hatte, die ich inzwischen für den Fall eines Blackouts mit Konserven aller Art und Wasserkanistern gefüllt hatte. Während Jonas auf der einen Hälfte des großen Gartentischs sägte und hämmerte, lag die Katze ruhig auf der anderen Hälfte und sah ihm dabei zu. Bonnie saß inzwischen vor dem Haus und schien, wenn auch deutlich angespannt, zu akzeptieren, dass die Katze unter unserem Schutz stand. Das allerdings erwies sich einige Minuten später als Irrtum. Genau kann ich nicht mehr sagen, was zu der Eskalation mit blutigen Folgen geführt hat, nur einige Bilder sind mir deutlich im Kopf geblieben. Jonas ging kurz ins Haus, ich bewachte die Katze, vielleicht habe ich sie in Bonnies Augen zu aufreizend gestreichelt, jedenfalls kam Bonnie an den Tisch, blieb aber friedlich, die Katze stand auf, ging an die Tischkante und sagte etwas zu Bonnie, das in meinen Ohren sehr freundlich klang, wie eine Begrüßung oder als wollte sie sich vorstellen, ein zartes, ganz unaggressives Miau. Bonnie muss etwas anderes verstanden haben, sie bekam einen Wutanfall, versuchte auf den Tisch zu springen, was ihr über den Umweg eines Stuhls hätte gelingen können. Ich nahm die Katze auf den Arm, was Bonnies Empörung steigerte. Sie sprang an mir so hoch, wie ich es nicht für möglich gehalten hatte. Ich versuchte, sie mit der linken Hand abzuwehren, während die Katze in meinem rechten Arm sich gleichzeitig mit Krallen und Zähnen verteidigen wollte, dabei aber nicht den Hund, sondern meine Hand traf. Bonnie sprang noch höher, ich hielt die Katze mit der unverletzten Hand, so hoch ich konnte, und schrie nach Jonas.

Natürlich habe ich die Wunden sofort desinfiziert, die Krallenrisse bluteten heftig, was mich beruhigte, so würden die Keime gleich weggespült, dachte ich. Die weniger tiefen Spuren der Zähne sahen nicht gefährlich aus. Ich hatte einfach keine Ahnung, was so ein Katzenbiss bedeuten kann.

Bonnie wurde ins Haus verbannt, das sehr hübsche, zeltähnliche Katzenhaus stellten wir in gebotenem Abstand auf die Wiese vor unserem Garten, wo die Katze es widerstandslos bezog.

Ich glaube, dass die Nachbarn unseren Katzenaufwand ziemlich übertrieben fanden, streunende Katzen haben auf dem Land wenig Freunde. Aber unsere Katze hielten wir nicht für einen Streuner. Sie war zutraulich und liebenswürdig. Und vermutlich hatte sie sich mitten auf die Straße gelegt, weil sie gefunden werden wollte. Sicher hatte ein herzloser Mensch sie ausgesetzt, einfach aus dem Auto auf die Straße geworfen, und nun suchte sie ein neues Zuhause. Ich konnte sie nicht behalten wegen Bonnie, und in das Leben meines Sohnes passte einfach kein Haustier. Aber schließlich konnten wir die Katze nicht in das

Unglück zurückstoßen, aus dem wir sie gerade gerettet hatten. Mir fiel ein chinesisches Sprichwort ein, von dem ich irgendwann gehört hatte, nach dem ein Mensch, der einem anderen Menschen das Leben rettet, in Zukunft für ihn verantwortlich sei. Ich fühlte mich verantwortlich für die Katze.

Alle, die von meinem Unfall hörten, fragten sofort nach der letzten Tetanusimpfung. Ich konnte mich nicht erinnern. Zwanzig Jahre? Vielleicht auch dreißig? Ich müsse mich unbedingt impfen lassen, sagte Doreen, unbedingt noch vor der Reise nach Budapest. Ich versprach, mich impfen zu lassen, Doreen und ihr Mann Andy mussten versprechen, die Katze zu füttern, bis ich in spätestens zehn Tagen wiederkommen würde. Außerdem wollte Andy, der Fahrer beim ortsansässigen Rufbus-Unternehmen ist, jeden Fahrgast fragen, ob er eine Katze aufnehmen würde.

Mein erster Versuch, mich impfen zu lassen, schlug fehl, Tetanusimpfstoff gebe es erst wieder im nächsten Quartal. Aber ich bekam ein Antibiotikum und den Rat, mich an die nächste Notaufnahme zu wenden. Wir fuhren nach Berlin.

Um es kurz zu machen: Die Tetanusimpfung habe ich noch bekommen, die Hand war inzwischen rot und geschwollen, gegen die Schmerzen schluckte ich

Ibuprofen und machte mich drei Stunden vor Abflug meines Flugzeugs der Linie Ryanair auf den Weg zum Hauptbahnhof, um von da mit dem Flughafenexpress nach Schönefeld zu fahren. Der Expresszug fiel aus, wegen Gleisbauarbeiten, das konnte lange dauern, ich nahm ein Taxi. Durch Kreuzberg kamen wir nur im Schritttempo, an der Autobahnauffahrt Tempelhof brauchten wir zwanzig Minuten, um die Kreuzung zu passieren, die Zeit wurde knapp. Ich war noch nie von dem berüchtigten Berliner Flughafen abgeflogen, aber immerhin hatte ich mich bisher auf allen Flughäfen zurechtgefunden, warum nicht auf dem BER, dachte ich. Aber entweder war mein ohnehin unterentwickelter Orientierungssinn weiter verkümmert oder der BER war ein architektonischer Unfall. Ich irrte orientierungslos durch die Hallen, ehe ich endlich den Weg zu meinem Gate fand, verfolgt von der Durchsage »Last call« für meinen Flug, ich rannte durch einen endlosen Gang, ab und zu ein Stück Laufband, die Hand tat weh, und als ich endlich am Flugsteig dreizehn oder fünfzehn oder zwanzig ankam, verkündete eine sanfte Stimme, dass der Abflug sich um dreißig Minuten verzögern werde. Die Hand unter dem gepolsterten Verband, den der besorgte Jonas mir angelegt hatte, rebellierte, aber das Antibiotikum würde bald wirken, beruhigte ich mich, und außerdem gab es auch in Budapest Ärzte.

Vielleicht sollte ich erklären, warum ich trotz der Verletzung überhaupt nach Budapest geflogen bin. Das hat mit dem zu tun, was ich mein preußisches Pflichtbewusstsein nenne, ein zynischer Freund von mir aber vor vielen Jahren als mein Komsomolzenbewusstsein bezeichnet hat. Wahrscheinlich stimmt beides. In meiner Kindheit habe ich viele Bücher über Widerstandskämpfer und sowjetische Neulanderoberer gelesen, *Wie der Stahl gehärtet wurde*, *Das Mädchen Gulja*, *Der Mut*, deren Helden niemals aufgaben, die verwundet, fiebernd und unter Lebensgefahr ihren Auftrag erfüllten. Ich erinnere mich auch an das Buch über einen Indianerjungen, ich glaube, es hieß *Blauvogel*. Danach habe ich versucht zu lernen, wie man geräuschlos schwimmt, um sich unerkannt einem Feind zu nähern. Und meine kommunistische Tante Dita schrieb mir in mein Poesiealbum: »Allen Gewalten / zum Trotz sich erhalten / nimmer sich beugen / kräftig sich zeigen.« Ich war empfänglich für heroische Botschaften, egal ob es Geschichten über Komsomolzen, Indianerjungen oder Zitate von Goethe waren.

Hätte ich die Reise nach Budapest nur zu meinem Vergnügen unternehmen wollen, wäre ich sicher zu Hause geblieben, obwohl ich mich auf ein Wiedersehen mit der Stadt sehr gefreut hatte. Für uns im Osten war Budapest damals, was für Westmenschen Paris oder London oder Rom war. Budapest war ein Sehnsuchtsort, in dem das Flair einer anderen Zeit überlebt hatte, Cafés, wie man sie nur aus Filmen oder der Literatur kannte, ein Sinn für Schönheit und Eleganz, der sich hier geheimnisvoll bewahrt hatte. Allein, dass uns das Tonic-Water selbstverständlich mit Eiswürfeln serviert wurde, empfand ich als Luxus, auch wenn wir den Gin heimlich aus einer mitgebrachten Flasche dazu gießen mussten, weil DDR-Bürger nur dreißig Mark pro Tag in Forint tauschen durften und davon schließlich noch übernachten und essen mussten. Ich hatte Budapest jedenfalls in allerschönster Erinnerung und war gespannt, was inzwischen aus der Stadt geworden war, zumal in den Zeitungen wenig Schmeichelhaftes über Ungarn, seine Hauptstadt, sein Staatsoberhaupt und auch über die Institution, der ich meine Einladung verdankte, zu finden war. Trotzdem hätte ich eine private Reise aufgeschoben. Aber es ging um eine lange geplante und angekündigte Veranstaltung, bei der ich beim Deutsch-Ungarischen Institut, das zum Mathias Corvinus Collegium gehört, aus meinem Buch *Artur Lanz* lesen und anschließend mit Professor Michael Sommer über die postheroische Gesellschaft sprechen sollte. Ob nun wegen preußischer Sekundärtugenden oder meines Komsomolzenbewusstseins: Ich konnte den Termin wegen eines Katzenbisses in der linken Hand einfach nicht absagen.

Den Flug habe ich in angenehmer Erinnerung, vor allem wegen des schmalen Mannes in mittlerem Alter auf dem Mittelplatz neben mir, dem ein Blick und das Vorzeigen meiner verbundenen Hand genügten, um meinen Koffer in die Gepäckbox zu befördern. Vor dem Abflug telefonierte er, er sprach Russisch. Als er mir nach der Landung meinen Koffer wieder übergab, sagte ich nicht danke, sondern spasibo. Sein Gesicht hellte sich auf, ob ich Russin sei, fragte er. Nein. Polka? Moja Mama byla Polka, sagte ich. Er sagte, er sei Ukrainer, und ich sagte: Slava Ukraini. Er war auf dem Weg in die Ukraine. Er zog meinen Koffer, und wir unterhielten uns bis zum Ausgang, wo jemand mit dem Schild »MCC« auf mich wartete. Ich weiß nicht genau, was er mir erzählt hat, weil ich das meiste nicht verstanden habe, aber natürlich sprach er über sein Land und den Krieg. Zum Abschied wünschte ich ihm viel Glück. Shelaju udatschi.

Mein Aufenthalt war für drei Tage geplant. Den ersten Abend verbrachte ich allein im Hotel. Im Restaurant bestellte ich nur eine Suppe, weil ich die mit einer Hand essen konnte, trank ein Glas Rotwein und ging früh zu Bett.

Für den nächsten Tag waren einige Gespräche geplant und um siebzehn Uhr meine Veranstaltung. Zum Frühstück traf ich Michael Sommer und seine Frau, die Tochter eines Arztes ist. Warum meine Hand an diesem Morgen nicht verbunden war, weiß ich nicht mehr. Jedenfalls sagte Frau Sommer, als sie meine Hand sah, Sie müssen zum Arzt. Die Hand sah zwar einer Hand kaum noch ähnlich, sondern eher einem gepökelten kleinen Eisbein, aber ich hoffte immer noch auf die Wirkung der Medikamente und hielt einen Arztbesuch für übertrieben. Aber Frau Sommer sagte so oft und immer eindringlicher: Sie müssen zu einem Arzt, bis ich nachgab.

Der erste Arzt, zu dem mich Orsolya Szaszi, die Sekretariatsleiterin des Instituts, und Michael Sommer brachten, legte meine Hand unter einen Ultraschallapparat und erklärte mir, was da zu sehen war. Die dunkle Schicht, die sich über den ganzen Handrücken zog, sei Eiter, sagte er auf Englisch oder Ungarisch, und es müsse innerhalb von vierundzwanzig Stunden etwas passieren. Ich wollte einen Scherz machen, deutete mit der rechten Hand das Abhacken der linken an und sagte: Sonst …? Er sah mich sehr ernst an und sagte: Yes.

Das war der Augenblick, in dem ich meine Lage verstand und von dem an ich widerspruchslos alles geschehen ließ, was mir und meiner Hand zugemutet wurde.

Die nächsten Stunden verbrachten wir in der überfüllten Notaufnahme eines Budapester Krankenhauses, das eher an ein Krankenhaus in einem Entwicklungsland oder in der späten DDR erinnerte. Buda und Pest sollen bald moderne Gesundheitszentren bekommen, darum wird hier nichts mehr investiert, erklärte mir Frau Szaszi. Nach zwei, drei Stunden wurden wir nervös, weil die Zeit bis zu meiner Lesung schrumpfte. Irgendwann wurde endlich mein Name aufgerufen, die Hand geröntgt und eine ambulante Operation beschlossen. Zum Glück machte das medizinische Personal im Gegensatz zur Ausstattung einen sehr vertrauenserweckenden Eindruck. Ich hielt meine betäubte

Hand hin, als gehörte sie nicht zu mir. Es wurde an ihr gequetscht und geschabt, dann wurde der Arm bis zu den Fingerspitzen geschient und in eine Schlinge gehängt. Am nächsten Morgen sollte ich zur Kontrolle kommen.

Um sechzehn Uhr stiegen wir wieder ins Auto, um halb fünf waren wir am Veranstaltungsort. Ich trank, glaube ich, einen Kaffee oder Wasser, rauchte eine Zigarette, und dann fingen wir an. Und weil wir ja über das Postheroische sprechen wollten, wurde ich als Heldin gewürdigt, die allen Gewalten zum Trotz nun auf dem Podium saß mit zwei Kissen unter dem Buch, weil ich nur eine Hand zum Umblättern hatte, aber keine, um das Buch zu halten. Ob das Publikum mit meinem Auftritt wirklich zufrieden war, weiß ich nicht, weil mir das Gegenteil unter diesen Umständen natürlich niemand gesagt hätte. Ich war jedenfalls froh, dass ich meinen Auftrag erfüllt hatte. Denn die Reise, die nachträglich nur als Fehler gelten konnte, angetreten zu haben, um dann doch ihren Sinn zu verfehlen, wäre zu absurd gewesen.

Den nächsten Vormittag verbrachten Frau Szaszi und ich wieder in der Notaufnahme, viel mehr als die Notaufnahme habe ich von Budapest eigentlich nicht gesehen. Meine Hand zeigte ich inzwischen vor wie einen Personalausweis, der meine Identität beweisen sollte. Wann ich wieder nach Hause reisen würde, fragte der Arzt. Morgen. Ich musste mich verpflichten, vielleicht sogar unterschreiben, dass ich sofort zum Arzt gehen würde, und bekam einen ausführlichen Krankenbericht auf Ungarisch, den Frau Szaszi später übersetzte.

Ab jetzt spielt der Zufall eine Rolle, den ich nur als glücklich bezeichnen kann, auch wenn er auf einem Ärgernis beruhte. Im Februar, also zwei Monate vor Ostern, hatte ich das Manuskript für mein neues Buch abgeliefert und aus diesem Anlass einige Freunde eingeladen. Als ich eine leere Flasche vom Tisch räumen wollte, fiel sie mir wegen meines Schnappfingers aus der Hand. Ein Schnappfinger ist ein Finger, der hin und wieder den Dienst versagt. Der Tisch hat eine Glasplatte, die nun in Scherben auf dem Teppich lag. Ich verfluchte laut meinen Schnappfinger, worauf mein Nachbar, dem die Katzen Klara und Joey gehören und der bis vor kurzem in der Charité gearbeitet hat, sagte, er kenne die beste Handchirurgin überhaupt. Das fiel mir ein, als ich überlegte, wo ich meine Hand in Berlin vorlegen könnte. Ich schrieb also meinem Nachbarn, dass ich jetzt dringend einen Handchirurgen brauche, schickte ihm den übersetzten Krankenbericht, den er an die beste Handchirurgin weiterleitete und noch einen Wikipediabeitrag anhängte, damit die Chirurgin wusste, um wessen Hand es ging. Wäre also der Mittelfinger meiner rechten Hand kein Schnappfinger, mir darum die Flasche nicht in den Glastisch gefallen, hätte ich nichts von der wunderbaren Handchirurgin gewusst und könnte die Geschichte jetzt vielleicht nicht mit beiden Händen aufschreiben. Denn mein Tierarzt hat mir erzählt, er wisse sogar von Kollegen mit amputierten Händen, weil sie von einer Katze gebissen wurden.

Noch am selben Tag schickte mir mein Nachbar die Nachricht von der Handchirurgin, ich solle mich sofort nach meiner Ankunft in der Rettungsstelle der Charité melden, die Kollegen könnten sie kontaktieren. Diese Mail solle ich bei der Anmeldung vorzeigen, schrieb mein Nachbar.

Aber noch war ich in Budapest. Diesmal ging es in der Notaufnahme etwas schneller. Bis zu einem Treffen bei Bence Bauer, dem Direktor des Deutsch-Ungarischen Instituts, blieben ein paar Stunden Zeit, in denen ich, wie ich es mir in Berlin vorgestellt hatte, durch Budapest hätte spazieren können, um alte Erinnerungen zu wecken, aber es regnete. Frau Szaszi, eigentlich Chefin des Sekretariats des Direktors, nun aber schon den zweiten Tag ganz im Dienst von mir und meiner Hand, entschädigte mich mit einer Sightseeing-Tour durch Buda und erzählte mir, dass sie erst seit eineinhalb Jahren wieder in Budapest lebte, davor dreißig Jahre im Ausland, am längsten in Deutschland, wo sie Ursula hieß, jetzt aber wieder Orsolya. Sie sei froh, wieder in Ungarn zu sein, vor allem auch wegen ihrer schulpflichtigen Töchter. Eigentlich erinnere ich mich nur an die engen, in viel Grün gebetteten Gassen, an den beruhigenden Blick auf die regennasse Stadt und das wunderbare Dach der Matthiaskirche mit den berühmten bunten Zsolnay-Ziegeln.

Auch von dem Treffen bei Bence Bauer ist mir nur ein verschwommener Eindruck geblieben. Renata Fixl, die Büroleiterin der Hanns-Seidel-Stiftung in Ungarn, sprach über die Förderung begabter Romakinder und Professor Ellen Bos über den wissenschaftlichen Nachwuchs an der Andrassy-Universität. Mit beiden hatte mein Gastgeber Gespräche für mich vorgesehen, hätte ich nicht die ganze Zeit in der Notaufnahme zugebracht. Eine genauere Kenntnis über das Mathias

Corvinus Collegium habe ich mir erst nachträglich angelesen und erfragt. In den deutschen Medien gilt es als Orbans politische Kaderschmiede, wo staatstreuer Nachwuchs herangezogen wird. Das MCC selbst versteht sich als Denkfabrik und landesweites Netz der Begabtenförderung von Schülern, Studenten und jungen Wissenschaftlern, die nach Leistung und nicht nach politischer Gesinnung ausgewählt werden. Sicher ist das Mathias Corvinus Collegium eine konservative Einrichtung, so wie man von deutschen Universitäten das Gegenteil behaupten kann. Aber ganz gewiss ist es eine grandiose Bildungsstätte, in der ein offener Meinungsstreit nicht unterdrückt, sondern als Teil von Bildung befördert wird. Das jedenfalls berichteten mir auch die deutschen Professoren, die, wie Michael Sommer, für einige Monate als Gastdozenten am MCC unterrichtet haben.

An diesem Nachmittag bei Bence Bauer mit Professor Bos und Renata Fixl hätte ich mehr fragen und erfahren können, aber ich war inzwischen so erschöpft von den Schmerzen und den vielen Tabletten, dass ich alles, was mit mir und um mich herum geschah, nur noch wie durch einen Nebel wahrnahm. Ich hörte zu, aber verstand wenig, ich habe etwas gegessen, weiß aber nicht mehr, was, ich glaube, dass ich eine Zitronenlimonade getrunken habe. Ich konnte nicht einmal mehr rauchen, als brauchte mein Organismus alle Kraft, um den Angriff auf die Hand abzuwehren, und lehnte darum jede weitere Zumutung ab. Nach zwei, drei Zügen jedenfalls sendete er Signale, dass ich das jetzt zu unterlassen habe.

Am nächsten Mittag flog ich nach Berlin. Ein junger Mitarbeiter des Instituts begleitete mich bis zur Sicherheitskontrolle, mein Gate fand ich diesmal mühelos, die Stunde bis zum Abflug verbrachte ich damit, den unzähligen Menschen, die an mir vorbeizogen, auf die Füße zu sehen. Außer einer Frau und mir trugen alle Menschen Sneaker. Ich dachte an meinen Freund Markus, der kurz zuvor erklärt hatte, er trage Jeans und Sneaker nur noch bei Hundespaziergängen, weil ihm diese kulturlose Uniformierung zuwider sei.

Als wir endlich über das Flugfeld zur Gangway liefen, hielt sich ein junger Mann dicht an meiner Seite, erkennbar bemüht, mich weder zu überholen noch hinter mir zu bleiben. Kurz vor der Treppe zum Flugzeug fragte er, ob er mir helfen dürfe. Und als wir ausstiegen, holte ein Mann ungebeten meinen Koffer aus dem Gepäckfach, während ein zweiter schon meinen Mantel hielt und ihn sorgsam um die linke Schulter legte, da mein Arm ja in einem dafür vorgesehenen

Tuch hing. Ich war gerührt. Offenbar hatte die viel zitierte Verrohung der Gesellschaft ihre Tiefenschichten nicht erreicht.

Am Ausgang empfing mich mein Sohn und fuhr mich ohne Umweg in die Rettungsstelle der Charité. Ich zeigte, wie mein Nachbar empfohlen hatte, die Mail der Handchirurgin vor, und dann ging alles sehr schnell. Ich legte die Hand wieder einmal zum Röntgen vor, beantwortete alle Fragen, die einem vor einer Narkose gestellt werden: Trinken Sie Alkohol? Ja. Rauchen Sie? Ja. Allergien? Nein, usw. Mir wurde ein Krankenhaushemdchen verpasst, meine Kleidung in eine große Plastiktüte gestopft, und ich ließ alles willenlos und dankbar mit mir geschehen. Ich glaube, ich wurde auch über mögliche Komplikationen informiert, einige Finger könnten unbeweglich bleiben, eine zweite Operation könnte nötig werden. Es war egal, die Hand gehörte nicht mehr mir, ich gehörte nicht mehr mir, alles war gut. Die wunderbare Handchirurgin habe angerufen und sei gleich da, sagte eine junge Ärztin, man könne mich schon in Narkose legen.

Später habe ich mich gewundert, warum ich nicht eine Sekunde bedacht habe, dass ich in meinem Alter aus einer Vollnarkose vielleicht nicht wieder aufwachen könnte. Unter normalen Umständen würde ich das immer befürchten. Aber wenn man so eine Narkose braucht, sind es eben keine normalen Umstände.

Seit über fünfzig Jahren kannte ich Krankenhäuser nicht mehr als Patientin, nur noch als Besucherin von Kranken. Auch meine Arztbesuche beschränkten sich fast nur auf den Zahnarzt, Vorsorgeuntersuchungen vermied ich. Dass ich mich dem Krankenhausalltag willig ergeben würde, hätte ich nicht vermutet. Aber es war so. Ich war dankbar für die Infusionen, mit denen mir morgens um sieben, nachmittags um drei und abends um elf Antibiotika zugeführt wurden, für die allmorgendlichen Verbandswechsel, die Eisbeutel und Blutentnahmen. Ich war dankbar, wenn eine Pflegerin mir die Butter aufs Brot schmierte, weil ich mit den eingegipsten Fingern das Brot nicht halten konnte. Nur das freundliche Angebot, mir beim Duschen und Haarewaschen zu helfen, lehnte ich ab, ließ mir einen Müllbeutel über den Arm binden und übte mich in der Einhändigkeit.

Und endlich lernte ich auch meine Retterin, die wunderbare Handchirurgin kennen. Ich hatte mir vorher kein Bild von ihr gemacht, aber hätte ich mir eins gemacht, wäre es der Frau, die gerade an mein Bett trat, nicht ähnlich gewesen. Für die kleinteilige Arbeit einer Handchirurgin hätte ich mir eher eine zarte Person vorgestellt, aber Ariane Scheller ist von robuster Gestalt mit einem Lächeln, als würde die Welt sie grundsätzlich belustigen. Ich habe sie noch öfter getroffen, und immer lächelte sie so. Später habe ich gelesen, dass sie die Hände von Musikern, von Pianisten, Geigern, Flötisten operiert. Und was ist eine linke Schriftstellerhand schon gegen die kostbaren Musikerhände. Ich bedankte mich bei ihr, dass sie an diesem Sonnabendnachmittag, an dem sie keinen Dienst hatte, trotzdem meine Hand operiert hat. Sie sei ohnehin zum Abendessen eingeladen gewesen und hätte in die Stadt fahren müssen, da hätte sie das gleich miterledigt, sagte sie und lächelte dabei auf ihre Art.

Ich habe die Tage im Krankenhaus in angenehmer Erinnerung, und eine Freundin, die mich besucht hatte, erzählte mir später, ich hätte auf sie einen fast euphorischen Eindruck gemacht. Vielleicht lag es an den Medikamenten, wahrscheinlicher ist, dass mir klar geworden war, welchen möglichen Katastrophen ich entkommen war. Ich war nicht tot, ich hatte noch beide Hände, und nicht einmal eine weitere Operation war nötig.

Eine Chirurgin, die an meiner Operation beteiligt war, zeigte mir eines Morgens, nachdem sie den Verband gewechselt hatte, ein Foto von meiner längs aufgeschnittenen Hand, die Haut mit einem Gerät zur Seite gezogen, sodass der ganze Schlamassel in leuchtendem Rot und Gelb zu sehen war. Sie können davon ausgehen, dass alles, was da gelb ist, Eiter ist, sagte sie. Mich hat das Foto weder erschreckt, noch habe ich mich geekelt: meine Hand, wegen der Entzündung noch sehr geschwollen und darum geradezu jugendlich glatt, der feine Schnitt und die leuchtenden Farben – eigentlich fand ich das Bild sogar schön und schickte es an alle möglichen Menschen, die sich nach meinem Befinden erkundigt hatten.

Mit meinen Besuchern ging ich meistens in den kleinen gartenähnlichen Hof hinter dem Haus und versuchte, eine Zigarette zu rauchen. Wieder rauchen zu können, hätte ich als Beweis für meine Genesung gehalten.

Es muss der Donnerstag gewesen sein, als der liebenswürdige Arzt mit dem schwierigen arabischen Namen mir schon beim Betreten des Zimmers fröhlich zurief: Die Entzündungswerte sind gesunken, fast um die Hälfte. Während er meinen Verband wechselte, erzählte ich ihm, dass ich am Abend zuvor alle Abwehrkräfte meines Körpers wie Truppen versammelt und durch den linken Arm in meine Hand geschickt hätte, um da den Feind zu vernichten. Ob er glaube, dass das geholfen hat. Er lächelte. Ich glaubte daran.

Bis zum nächsten Tag halbierten sich die Werte noch einmal, und ich konnte entlassen werden.

Da nun endgültig feststand, dass meine Hand gerettet war, konnte ich mich wieder um die Katze kümmern, die ich der Obhut von Doreen und Andy überlassen hatte mit dem Versprechen, nach zehn Tagen wiederzukommen, woran unter den gegebenen Umständen nicht zu denken war.

Ich bat also Doreen, mir ein hübsches Foto von der Katze zu schicken, damit ich auf Facebook nach einem Retter für sie suchen konnte. Die Katze wohnte immer noch in dem Haus auf der Wiese, das Jonas ihr gebaut hatte, und sah auf den Fotos, die Doreen am nächsten Tag schickte, gut erholt und wirklich sehr hübsch aus. Natürlich hatten alle Katzenliebhaber unter meinen Facebook-Kontakten schon Katzen, und der eine, der sie trotzdem genommen hätte, wohnte in England. Aber dann rief eine Freundin an, mit deren Hilfe ich am wenigsten gerechnet hatte. Ihre Nachbarn wollten sich eine Katze anschaffen, ob ich ein Foto schicken könne. Ich schickte das schönste von Doreens Fotos, und am nächsten Tag hatte die Katze ein Zuhause gefunden.

Am Montag brachte Doreen, die in Berlin arbeitet, die Katze mit zu ihrem Arbeitsplatz im Wedding, wo Jonas sie abholte und zunächst in meine Wohnung brachte, weil es zu früh war, um sie in ihrem neuen Domizil abzuliefern. Während der Autofahrt habe die Katze auf seinem Schoß sitzen wollen und interessiert aus dem Fenster geguckt, sagte Jonas, was endgültig beweisen würde, dass sie kein Streuner sei. Sie strich um unsere Beine, unter unsere Hände und gab zärtliche Laute von sich.

Sie erkennt uns, sagte ich, und Jonas sagte auch, sie erkennt uns wirklich. Wir waren sehr gerührt von der Katze und unserer eigenen guten Tat, vielleicht sogar vor allem von dieser.

Eigentlich begann die schwierige Zeit des ganzen Vorfalls erst jetzt. Das Abenteuer war vorbei, und es begannen die Mühen des Versehrtenalltags. Es kam nicht mehr auf preußische Tugenden oder Komsomolzenbewusstsein an, sondern auf Geduld. Die Hand lag immer noch in einer Gipsschiene. Wenigstens die Finger waren jetzt befreit, ohne die ich Bonnie nicht einmal das Geschirr hätte anlegen und die Futterdosen öffnen können. Zweimal in der Woche fuhr mich mein Sohn zum Verbandswechsel in die Charité. Für weitere drei Wochen schluckte ich dreimal am Tag zwei Sorten Antibiotika, außerdem Schmerztabletten. Ich konnte nicht rauchen, Wein durfte ich nicht trinken wegen der Medikamente, er schmeckte auch nicht, ich hatte keinen Appetit und ernährte mich vor allem von Joghurt, Pudding und Kuchen. Nach kurzer Zeit tat auch der rechte Arm weh wegen der ungewohnten Verrenkungen, die ihm zugemutet wurden. Ich konnte nicht schreiben, nicht lesen, weil ich weder links noch rechts das Buch halten konnte. Mein Zustand kränkte mich, ich ging mir selbst auf die Nerven.

Über die folgenden Wochen zu erzählen, ist schwierig, weil eigentlich wenig Bemerkenswertes passiert ist, diese Zeit aber trotzdem zu der Geschichte gehört. Rückblickend gibt es nur zwei Ereignisse, deren Erwähnung lohnt. Eines Tages, meine Hand war noch geschient, schickte mir meine Hamburger Freundin G. ein Foto mit einer dick verbundenen linken Hand, die aussah wie meine, und ich fragte mich, warum sie mir ein Foto von meiner eigenen Hand schickt, bis mir auffiel, dass diese Hand rot lackierte Fingernägel hatte. »Mit solidarischen Grüßen«, schrieb meine Freundin. Sie war zu schnell gelaufen, um einen Beschwerdebrief per Einschreiben an die Telekom zu schicken, war über unebene Pflastersteine gestürzt und hatte sich die Hand gebrochen.

Vier Tage später bekam ich eine Nachricht von meinem neunzehnjährigen Enkelsohn mit einem Foto von seiner frisch geschienten Hand. »Aus Solidarität« stand darunter. Ihn hatte allerdings nicht eine Katze gebissen, er war auch nicht über hoch stehende Pflastersteine gestolpert, sondern er und seine Freunde wurden, als sie nachts auf dem Heimweg von einer Feier waren, von mehreren mit Pfefferspray und Messern bewaffneten jungen Männern überfallen. Als er weglaufen wollte, stellte ein Angreifer ihm ein Bein, er fiel mit dem Handgelenk in die Scherben der Bierflasche, die er zur Gefahrenabwehr vorsichtshalber in der Hand behalten hatte. Der Schnitt verlief dicht neben der Pulsader.

Obwohl die Verletzung meines Enkelsohns am schnellsten verheilte, hielt ich sie für die schlimmste, zumal er wenige Monate zuvor schon einmal überfallen worden war. An einem Sonnabend um halb zehn am Abend hatte er einen Freund besuchen wollen und sah sich nach wenigen Metern neben seiner Haustür von einer Gruppe von jungen Männern umringt, versuchte vergeblich auszuweichen, bekam einen Schlag auf den Hinterkopf, dann einen Faustschlag ins Gesicht, ging zum Glück nicht zu Boden, sondern konnte sich auf die andere Straßenseite retten. Seine Nase war gebrochen.

Das Handgelenk meiner Freundin würde heilen, meine Hand auch, wir würden in Zukunft vorsichtiger im Umgang mit Katzen oder schadhaften Fußwegen sein. Außerdem offenbarten derartige Missgeschicke, wenn sie gut ausgehen, nachträglich oft ihre Komik. Aber welche Lehren sollte mein Enkelsohn ziehen? Ich riet ihm, Krav Maga oder Kickboxen zu lernen. Er meinte, er werde lieber Sprinten trainieren, Weglaufen sei das Sicherste. Wahrscheinlich hat er recht.

Das zweite berichtenswerte Ereignis war erfreulicher. Ich besuchte die Katze, die jetzt ganz in meiner Nähe wohnte. Eigentlich war es schon mein zweiter Besuch, aber beim ersten Mal war sie unauffindbar. Sie sei noch scheu, sagte Herr B., seine Frau sei gerade unterwegs, mit seiner Frau verstünde die Katze sich schon besser.

Für diesen zweiten Besuch wurde mir die Anwesenheit der Katze garantiert. Sie lag in einem Sessel, wirkte auch nicht mehr scheu und sah gut genährt und zufrieden aus. Als sie mich sah, sprang sie aus dem Sessel und benahm sich genauso wie einige Wochen zuvor in meiner Küche: Sie wollte gestreichelt werden und strich um meine Beine. Es gelang mir nicht, sie zu fotografieren. Sobald ich mich hinhockte, kam sie wieder auf mich zugelaufen, sodass ich im besten Fall noch ihren Schwanz auf dem Bild hatte.

Und da sagte auch Frau B., ihre neue Besitzerin: Die erkennt Sie wieder.

Ich war glücklich. Die stumme Verständigung zwischen Menschen und Tieren macht mich immer glücklich, egal ob es Katzen, Hunde, Krähen oder Schafe sind.

Manche meiner Freunde hielten es für übertriebene oder sogar marottenhafte Tierliebe, dass ich mich für die Katze, die doch schuld war an meinem schmerzhaften Dilemma, immer noch verantwortlich fühlte. Grundsätzlich halte ich Schuld in Bezug auf Tiere für keine zulässige Kategorie. Auch wenn wir von der Unschuld der Tiere sprechen, gilt das nur für ihre Verstrickung in menschliches Handeln, wenn Pferde in

Kriegen kämpfen müssen oder Delfine für den Unterwasserkampf ausgebildet werden. Tiere tun, was sie tun müssen. Die Katze musste sich gegen Bonnies Angriff wehren, und Bonnie, das Heimkind, musste ihren eroberten Platz im Leben verteidigen. Dass meine Hand in dieser einen Sekunde zwischen die Fronten geraten war, wäre nur zu verhindern gewesen, wenn ich die Katze losgelassen hätte, was zu einem blutigen Kampf zwischen Hund und Katze geführt hätte, an dessen Ende die Katze vielleicht tot oder Bonnie blind gewesen wäre. Ich hegte gegen die Katze keinen Groll und war froh, dass ich für sie diesen schönen Platz hatte finden können. Die ganze Mühe um sie einschließlich meiner Verletzung wäre schließlich vergebens gewesen, hätte ich die Katze am Ende in einem überfüllten Tierheim abgeben müssen.

Das waren die einzigen bemerkenswerten Ereignisse innerhalb von vier Wochen. Wenn im Leben nichts Interessantes geschieht, drängen sich die kleinen Begebenheiten, die man sonst am Abend vermutlich schon vergessen hätte, in den Vordergrund und machen sich wichtig. Wahrscheinlich hat der Mensch ein gleichbleibendes Bedürfnis nach Freude und Ärger, sodass er, wenn wichtige Gründe fehlen, seinen emotionalen Überschuss eben auf die unwichtigen richtet. Ich freute mich, wenn ich bei den Spaziergängen mit Bonnie andere Hundebesitzer traf und mit ihnen über unsere Hunde, das Wetter und meinen Katzenbiss sprechen konnte. Seit der Coronazeit waren sich die Hundebesitzer in unserer Gegend nähergekommen, weil alle froh waren, wenn sie in dieser seltsamen Zeit auf der Straße leibhaftigen Menschen begegneten, mit denen sie ein paar Sätze wechseln konnten. Und da man schlecht irgendwelche fremden Menschen ansprechen konnte, verließ man sich auf die Kontaktfreudigkeit der Hunde und hatte selbst einen Gesprächspartner gefunden. Die Gewohnheit hatten wir auch in der folgenden Zeit beibehalten, und alle Hundebesitzer, die ich näher kannte, sprachen mich natürlich auf meine dramatisch verpackte Hand an. Wenn ich sie dann über die Gefährlichkeit von Katzenbissen aufklärte, waren sie meistens erleichtert, dass ihre Tiere, die in der öffentlichen Meinung als die gefährlicheren galten, wenigstens im Hinblick auf die Bakterien in ihrem Speichel entlastet waren.

Überhaupt nutzte ich jede Gelegenheit, um meine Mitmenschen über die Gefahren von Katzenbissen zu informieren, und erzählte allen, was ich selbst darüber gerade gelernt hatte, dass nämlich nicht nur Bisse von streunenden Katzen, die Mäuse und anderes Getier fressen, gefährlich waren, sondern Bisse von jeder Katze, weil eben im Speichel von Katzen besonders gefährliche Bakterien leben. Ich erzählte auch von den amputierten Tierarzthänden und dass gefährlicher als Katzenbisse nur Menschenbisse sind und dass sogar Liebesbisse schon zu schweren Krankheitsverläufen geführt haben sollen.

Einige der von mir derart Belehrten hatten früher

selbst Katzen und erfuhren erst jetzt, in welcher Gefahr sie sich befunden hatten.

Selbst die Arztbesuche gehörten zu den Höhepunkten dieser Wochen, wenn ich zwischen den übrigen Versehrten im langen Gang vor der Anmeldung saß und über die Verletzungen unter ihren Verbänden mutmaßte und darüber nachdachte, ob es sie schlimmer oder weniger schlimm getroffen hatte als mich. Einmal stellte sich eine zierliche, elegant gekleidete alte Dame neben mich, nachdem sie sich lange im Raum umgesehen hatte, und begann ein Gespräch mit mir, als würden wir uns schon lange kennen und hätten uns zufällig hier getroffen. Ihr Arm war verbunden, sie sei im Bad ausgerutscht, sagte sie, habe sich aber zum Glück nur den Arm verletzt. Sie sprach mit einem leichten Akzent, dessen Herkunft ich nicht bestimmen konnte. Ob man lange warten müsse, fragte sie, ihr Taxi warte draußen. Sie wurde bald aufgerufen, wahrscheinlich war sie eine Privatpatientin. Ich hätte gern gewusst, welche Sprache sich hinter ihrem Akzent verbarg und warum sie ihr Taxi warten ließ, obwohl auf dem Charité-Campus ständig Taxen Patienten oder Besucher ablieferten und leer wieder abfuhren.

Außerdem gehörten die Arzttage zu den erfreulichen, weil sie mir jedes Mal eine erfolgreiche Heilung bestätigten. Ein besonders schöner Tag war, als die Gipsschiene durch einen normalen Verband ersetzt wurde.

Auch die Telefonate mit meiner Hamburger Freundin erhellten meinen Genesungsalltag, wenn wir uns lachend und fluchend über die demütigenden Beschwernisse der Einhändigkeit austauschten oder ich erzählte, dass ich einige Tage gebraucht hätte, um zu begreifen, dass ich beim Anziehen eines Mantels zuerst den schmerzenden Arm durch den Ärmel schieben musste und dass ein Ellbogen für manche Verrichtungen, zum Beispiel beim Ausstieg aus der Badewanne, ein geeigneter Handersatz war, was meine Freundin allerdings längst wusste, weil sie sich schon einmal die Hand gebrochen hatte, sogar die rechte.

Nach einiger Zeit war es nicht mehr die Hand selbst, die mich an einem ereignisreicheren Leben hinderte. Es waren eher die Antibiotika, die ich wochenlang gegen die Wiederauferstehung der Bakterien schlucken musste. Eine befreundete Ärztin behauptete zwar, das sei Unfug, über Antibiotika würde überhaupt viel Unfug erzählt, mein Körper sei eben von der schweren Infektion strapaziert und nicht von den Medikamenten.

Jedenfalls war ich erschöpft, müde, lustlos und haderte mit meinem ungewohnten Zustand. Ich konnte nicht einmal Sprudelwasser trinken, weil es auf der Zunge brannte. Es konnte vorkommen, dass ich mitten in einem Gespräch einschlief und stundenlang nicht zu wecken war. Komatösen Schlaf nannte das mein Sohn, der es miterlebt hatte.

Bislang war ich von den ernsthaften Zumutungen des Alters verschont geblieben, aber natürlich hatte ich, wie es in meinem Alter nicht ausbleibt, über die möglichen bevorstehenden Todesursachen, Krebs, Herzinfarkt, Schlaganfall, nachgedacht, wobei ich einen schweren Schlaganfall, an dem ich nicht sterben würde, für das Schlimmste halte. Ich dachte eigentlich jeden Tag wenigstens einmal an meinen Tod, und langfristige Verabredungen, wie den Abgabetermin für ein Buch oder eine Reise im nächsten Jahr, beendete ich meistens mit der Einschränkung: wenn ich dann noch lebe. Natürlich protestieren meine Gesprächspartner dann, wie sie auch protestieren, wenn ich sage, dass ich alt bin. Du bist doch nicht alt, sagen sie meistens, obwohl sie und ich genau wissen, dass ich alt bin, und sie genauso wenig wie ich wissen, ob ich im nächsten Jahr noch lebe. Ich halte es für sinnvoll, sich an das eigene Ableben rechtzeitig zu gewöhnen, damit man, wenn es unausweichlich so kommt, dem Augenblick so gefasst wie möglich begegnen kann. Ich hatte auch Vorkehrungen getroffen, um nicht gewindelt und lallend in einem Siechenbett zu enden oder als meine von allen guten Geistern verlassene Hülle durch die Gegend zu irren. Nur ein gewöhnliches langes Leiden, das einem alles, das Anziehen, Einkaufen, Wäscheaufhängen, das Essen und Trinken, einfach alles mühsam und schmerzhaft werden ließ, eben verleidete, hatte ich für mich nie in Erwägung gezogen. Und jetzt stellte ich mir vor, mein Zustand wäre kein vorübergehender, sondern ich müsste so in dumpfer Geduld das Ende meines Lebens abwarten.

Es könnte aber auch sein, dass man, wenn das Warten auf eine Genesung hoffnungslos ist, andere Strategien entwickelt, um nicht in Trostlosigkeit zu versinken. Ich kannte Menschen oder hatte sie gekannt, die mit dauerhaften Schmerzen und körperlichen Malaisen leben mussten und trotzdem sanft und lebensfroh blieben, während anderen der Missmut und die Klage ins Gesicht geschrieben waren.

Ich neige dazu, hinter den Zufällen in meinem Leben nach einem Sinn zu suchen oder ihnen selbst einen Sinn zu erfinden. Widrige Erlebnisse, in denen ich einen Sinn finden kann, ertrage ich leichter. Zum Beispiel habe ich mich damals, als mein erster Roman *Flugasche* in der DDR nicht erscheinen durfte, gefragt, in welche Bedrängnis es mich hätte bringen können, wenn jemand das Risiko auf sich genommen und die Veröffentlichung durchgesetzt hätte. Wahrscheinlich hätte er mich später gebeten, vorsichtig zu sein und ihm weiteren Ärger zu ersparen, wozu ich mich aus Dankbarkeit vielleicht verpflichtet gefühlt und allerlei Kompromissen zugestimmt hätte. So aber, nachdem ich die Aufregung und meine Empörung hinter mir gelassen hatte, war ich froh, dass ich niemandem dankbar sein musste. Die Fronten waren klar, und ich war frei, endgültig frei.

Natürlich gehört das in eine andere Lebenszeit und war ein schwerwiegenderes Ereignis als der Katzenbiss. Es geht mir auch nur um den Sinn, der sich hinter den großen und kleinen Schrecknissen finden lässt.

Den Katzenbiss interpretierte ich als eine Mahnung und eine Vorbereitung auf meine mögliche Zukunft und nahm mir vor, mich in Sanftmut und Freundlichkeit zu üben. Meinen heroischen Ehrgeiz beschränkte ich darauf, nicht zu klagen und mitfühlende Freunde durch Berichte über die Heilungserfolge zu entlasten. Schließlich gab es Millionen Menschen, die sich schon den Arm gebrochen, sogar eine Hand oder den Arm verloren hatten, und auch im Leben zurechtkamen.

Eine Freundin meinte später, als alles vorbei war und meine Hand und ich wieder bei Kräften, das Erlebnis mit meiner physischen Dysfunktionalität hätte mich friedlicher gemacht, davor sei ich streitlustiger gewesen. Aber sie irrt sich, ich streite mich schon länger nicht mehr. Über die üblichen Streitthemen Migration, Corona, Gender, die ganze Links-und-rechts-Front eben, ist alles gesagt, jeder kennt die Argumente des anderen auswendig. Ich erinnere mich nicht, einen Windkraftenthusiasten vom Vorteil der Kernkraft überzeugt zu haben, wie auch noch niemand meinen Hass auf die Genderei mildern konnte. Wenn ich Menschen gernhabe, nehme ich hin, dass sie Windräder für eine Lösung halten oder glauben, dass gendern die Frauen sichtbar macht, so wie sie hinnehmen, dass ich das anders sehe. Bei Menschen, die ich sowieso nicht schätze, befolge ich den Rat meines zynischen Freundes, der mir auch mein Komsomolzenbewusstsein bescheinigt hatte. Er hielt es eines Tages für angebracht, mir einige aristokratische Lebensregeln beizubringen, und eine davon hieß: Nur wenige sind es wert, dass man ihnen widerspricht.

Wenn ich nicht gerade über mich und die Zufälle im Leben nachdachte, löste die Zeit sich auf in Netflix-Serien, bei denen ich irgendwann einschlief, Spaziergängen mit Bonnie, Telefongesprächen und Langeweile. Zwischendurch erreichte mich die Nachricht, dass die Katze eventuell schwanger sei, jedenfalls hätte das die Tierärztin gesagt. Ich hatte ein schlechtes Gewissen, weil ich Frau und Herrn B. nicht nur eine Katze, sondern vielleicht gleich fünf oder sechs ins Haus gebracht hatte. Aber als wir sie gefunden haben, war sie so mager, dass niemand auf die Idee gekommen wäre, sie könnte trächtig sein, sodass man nicht annehmen konnte, ich hätte die neuen Besitzer absichtlich getäuscht. Trotzdem fühlte ich mich schuldig.

Am 15. Mai, einen Monat nach meiner Entlassung aus dem Krankenhaus, wurde ich erlöst. Ich durfte die Antibiotika absetzen, und die Hand wurde endgültig von dem Verband befreit. Ariane Scheller zupfte mit der Pinzette ein Stückchen Schorf von der Narbe, sagte: Abrakadabra, da ist die neue Haut, lächelte auf ihre besondere Art und blickte zufrieden auf ihr Werk. In meinen Augen sah die Hand furchtbar aus, rot, geschwollen, die Narbe noch frisch. Am Abend war ich eingeladen und zog eine Bluse mit sehr langen Ärmeln an, damit ich die Hand darunter verbergen konnte. Ich hielt sie, besonders bei einem Essen, für unzumutbar, und für mich war sie sowieso noch nicht zu gebrauchen. Sie war steif, schwach und tat weh.

Auch wenn meine befreundete Ärztin es wahrscheinlich bestreiten würde, regten sich mit dem Absetzen der Antibiotika allmählich meine vitalen Geister wieder. Zuerst konnte ich wieder rauchen. Warum ich damit denn nicht aufhören wolle, nachdem ich vier Wochen ohne Entzugserscheinungen hinter mich gebracht hätte, fragten manche, die mich nicht so gut kannten. Eine vernünftige Antwort darauf hatte ich nicht. Ich rauche eben gern. Allmählich schmeckte auch der Wein wieder, an das Essen gewöhnte ich mich nur langsam. Ich trainierte den stockdünnen linken Arm sogar mit einer Hantel und die steife Hand, indem ich sie mindestens hundertmal am Tag zu einer Faust ballte. Inzwischen kann sie wieder alles, was man von einer linken Hand verlangt, auch die Narbe ist kaum noch zu sehen. Wenn ich sie jemandem zeige, dann oft auch das Foto von meiner aufgeschnittenen Hand, und gemeinsam rühmen wir dann Ariane Scheller, die wunderbare Handchirurgin. Nur dieser Schnappfinger, ohne den ich von ihr gar nichts gewusst hätte, versagt immer noch ab zu den Dienst.

Die Katze war übrigens doch nicht schwanger. Sie heißt jetzt Emmi.

Foto: © Sebastian Wells/OSTKREUZ

DIE AUTORIN

Monika Maron, geboren 1941 in Berlin, zählt zu den bedeutendsten Schriftstellern der Gegenwart. Sie wuchs in der DDR auf, übersiedelte 1988 in die Bundesrepublik nach Hamburg und lebt seit 1993 wieder in Berlin. Sie veröffentlichte zahlreiche Romane und mehrere Essaybände. Ausgezeichnet wurde sie mit diversen Preisen, darunter der Kleistpreis (1992), der Friedrich-Hölderlin-Preis der Stadt Homburg (2003), der Deutsche Nationalpreis (2009), der Lessing-Preis des Freistaats Sachsen (2011) und der Ida-Dehmel-Literaturpreis (2017). Bei Hoffmann und Campe erschienen zuletzt der Essayband *Was ist eigentlich los?* (2021) und der Roman *Das Haus* (2023).